la courte échelle

Les éditions la courte échelle inc.
Montréal • Toronto • Paris

S0-BOQ-927

Joceline Sanschagrin

Joceline Sanschagrin est née à Montréal, en 1950, d'une mère qui n'avait pas froid aux yeux et d'un père qui n'était pas entrepreneur de pompes funèbres. Joceline Sanschagrin est toujours vivante. Malgré son nom, il lui arrive d'avoir de la peine.

Journaliste à la pige, elle travaille dans les médias électroniques: Radio-Canada, Radio-Québec et CFTM. Elle a aussi collaboré à *Québec-Rock*, à *La presse* et au *Journal de Montréal*. Elle a écrit des pièces de théâtre pour enfants. Pendant qu'elle travaille, elle ne fait pas de mauvais coups.

Pierre Pratt

Il n'est pas facile, aujourd'hui, de voir le jour en 1962. Pourtant, Pierre Pratt l'a fait, et un an plus tard, il fête son premier anniversaire. Tout va bien. Mais il aura fallu attendre vingt ans avant qu'il ne publie ses premières illustrations. Depuis, il collabore à certains magazines, dessine toutes sortes de choses (des monsieurs, des madames, des autos, etc.) et illustre des livres.

Autrement, il est friand de jazz, des chansons de Chico Buarque et des livres de Henri Calet.

Le karatéka est le troisième roman qu'il illustre à la courte échelle.

Du même auteur, à la courte échelle

Collection Roman Jeunesse

Série Wondeur:
Atterrissage forcé
La fille aux cheveux rouges

Les éditions la courte échelle inc.
5243, boul. Saint-Laurent
Montréal (Québec) H2T 1S4

Conception graphique:
Derome design inc.

Révision des textes:
Odette Lord

Dépôt légal, 1er trimestre 1990
Bibliothèque nationale du Québec

Données de catalogage avant publication (Canada)

Sanschagrin, Joceline, 1950-

Le karatéka

(Roman Jeunesse; 23)
Pour enfants à partir de 9 ans.

ISBN 2-89021-118-5

I. Pratt, Pierre.   II. Titre.   III. Collection.

PS8587.A57W66 1990   jC843'.54   C89-096433-5
PS9587.A57W66 1990
PZ23.S26Wo 1990

Joceline Sanschagrin
LE KARATÉKA

Illustrations
de Pierre Pratt

Chapitre I
La pétition

— Saleté de ville!

Wondeur contourne un matelas à ressorts à moitié éventré; elle se fraie un chemin parmi les sacs à ordures. Sur la ville-dépotoir, un vent fort s'est levé; des milliers de papiers volent dans les airs.

Wondeur avance d'un pas décidé; sa cape noire flotte derrière elle. Ses cheveux rouges ébouriffés, elle escalade des rouleaux de tapis; elle enjambe des tas de polythènes salis:

— Pas question de perdre le moral, se dit-elle.

Très blanches, des mouettes rieuses planent au-dessus de la ville. Elles cherchent de la nourriture. En les apercevant, Wondeur songe:

— Je voyage depuis longtemps... J'ai vu des endroits étranges, j'ai rencontré de drôles de gens...

Tout d'un coup, Wondeur s'arrête; la

carrosserie d'une automobile accidentée lui bloque le chemin. Posée à plat ventre, son capot explosé, son coffre enfoncé, l'auto n'a plus de pneus. Devant le tas de ferraille, la fille aux cheveux rouges pense:

— Et j'ai perdu la trace de mon père...

Wondeur vise le flanc de l'automobile et prend son élan:

— Tonk!

Son coup de pied traverse la portière rouillée:

— Heureusement, j'ai un projet... continue-t-elle.

Wondeur laisse le trottoir; elle longe une file de camions vidangeurs. À la queue leu leu, moteurs en marche, ils attendent devant l'incinérateur.

La chaleur dégagée par les camions fait suffoquer Wondeur:

— Pouah! Ça sent le vieux fond de poubelle...

Arrivée près de l'incinérateur central, elle cherche Moussa:

— D'habitude, c'est ici qu'il se tient...

Dans le vacarme et la fumée, elle est contente d'apercevoir son ami. De loin, le garçon blond lui semble encore plus

8

maigre. Comme elle, Moussa a douze ans, mais il a l'air d'un enfant.

Dos tourné, il discute avec un homme aux vêtements kaki; Wondeur suppose:

— Il veut le convaincre de signer la pétition...

En attendant que Moussa termine sa conversation, elle s'adosse à un lampadaire. Les mains dans les poches, elle observe la scène qui se déroule devant elle. Moussa gesticule; mais l'homme qui discute avec lui n'a pas l'air convaincu. Finalement, il fait non de la tête. Déçu, Moussa se retourne. En voyant son visage encadré par les oeillères, Wondeur a un pincement au coeur:

— Maudites oeillères, c'est ce qui me déprime le plus...

Les yeux mouillés, elle réajuste rageusement les siennes.

— Alors! Ça va? crie-t-elle à son ami.

Moussa court la rejoindre; il l'entraîne loin des bulldozers et des camions vidangeurs.

À côté d'un tas de détritus, les deux amis trouvent une vieille commode; ils s'arrêtent et s'y assoient.

— J'ai recueilli 20 signatures. Ce n'est

pas si mal, dit Moussa en montrant la pétition.

— C'est excellent, répond Wondeur.

— Tu as réfléchi? demande timidement le garçon blond.

— Oui...

— Et alors?

La fille aux cheveux rouges contemple le bout de ses bottes:

— J'ai perdu la trace de mon père... aussi bien l'admettre...

— Qu'est-ce que tu vas faire?

— Je n'ai aucun indice, je ne sais pas où chercher...

Wondeur tourne la tête vers son ami. Dans l'ombre des oeillères, les yeux du garçon sont encore plus verts:

— Alors, je reste et je t'aide à faire circuler la pétition.

— Youppi! s'exclame Moussa.

Avant que Wondeur ne puisse le retenir, il monte debout sur la commode. Il tape des mains et des pieds; il exécute une drôle de danse:

— Youppi! On va sauver les arbres!

— Arrête, tu vas nous faire repérer, s'inquiète Wondeur.

Et elle se lève et tire son ami par la

main; elle l'entraîne avec elle. Sourire aux lèvres, ils se faufilent parmi les citadins qui ramassent les poubelles.

***

Wondeur et Moussa sont morts de fatigue. Toute la journée, ils ont parcouru

11

les rues de la ville; ils ont ajouté une cinquantaine de nouvelles signatures à leur pétition.

Sur la route qui mène au phare, les deux amis discutent du karatéka. Ce jour-là, le maître de karaté les a invités à manger; cette invitation subite les intrigue:

— Il me semble que ce n'est pas son genre, remarque Wondeur.

Le vieux phare se profile dans la brunante. Ses murs n'ont pas été repeints depuis des années; ses portes et ses fenêtres battent au vent...

— Mais... Mais le phare n'est plus barricadé! réalise tout à coup Wondeur.

D'un même élan, les deux amis partent en courant; Wondeur arrive la première. Juste comme elle entre, le karatéka bondit dans les airs. Il exécute un coup de pied arrière sauté pivoté:

— Quel beau mouvement, admire Moussa en mettant le nez dans la porte.

La technique du karatéka n'impressionne pas Wondeur; mais elle est très surprise par son changement de personnalité:

— Cet homme vivait constamment

caché... comme une taupe...

Retombé sur ses pieds, le karatéka sourit, un peu gauche. Devant le regard interrogateur de ses visiteurs, il se sent obligé d'expliquer:

— J'ai ouvert, j'avais grand besoin d'air...

Gêné, il regarde en direction d'un tas de débris. Les planches et les cadenas qui barricadaient le phare sont entassés sous une fenêtre.

Le karatéka resserre sa ceinture noire autour de sa tunique; il s'approche de Wondeur. D'un geste affectueux, il ébouriffe ses cheveux rouges:

— Je suis content de vous voir. Depuis votre dernière visite, ça va mieux; depuis que j'ai partagé avec vous mon secret, j'ai le coeur moins lourd.

Wondeur se rappelle la peine du karatéka; elle revoit son visage défait quand il leur avait confié:

— Au cours d'un combat, j'ai tué mon meilleur ami...*

Le choc de l'accident avait rendu le karatéka fou de douleur; il est devenu

*Voir *La fille aux cheveux rouges*, chez le même éditeur.

amnésique. Wondeur plaint le sort de l'homme:

— Oublier de grands bouts de sa vie, que ça doit être étrange...!

***

Dans le vieux phare, tout le monde est de bonne humeur. Le karatéka a mis son tablier; il relit sa recette et on l'entend marmonner:

— Deux cuillerées à soupe de gingembre...

Wondeur et Moussa jouent les marmitons. L'un hache les poivrons verts, l'autre les oignons.

— Les légumes doivent être bien émincés, précise le cuisinier.

À la porte du phare, un homme trapu apparaît. Wondeur reconnaît l'invité. C'est celui qu'on appelle le guenillou parce qu'il ramasse des guenilles.

Le guenillou transporte un gros sac de toile; un sac rempli de déchets qu'il se propose de recycler.

— Salut, lance-t-il en déposant son sac par terre.

Et il jette un coup d'oeil aux fenêtres du phare:

— Content de voir que vous avez fait de l'air, dit-il au karatéka.

De son sac, il sort deux paires de bottes et un tricycle violet:

— J'ai un cadeau pour le maître de karaté, annonce-t-il pompeusement.

Derrière ses oeillères, le guenillou a l'air particulièrement satisfait. Très intéressé, le karatéka s'essuie les mains et s'approche de son invité. Le guenillou sort un livre de son sac:

— La pratique de la concentration, lit-il.

— Le célèbre ouvrage de Taisen Deshimaru? s'informe le karatéka.

— Euh!... je ne sais pas. Mais il y a un karatéka sur la couverture...

Et il tend le livre au maître de karaté qui le reçoit, tout content:

— C'est un ouvrage très rare... je ne sais comment vous remercier...

— Ne me remerciez pas, les gens jettent n'importe quoi. Hum...! Ça sent bon ici...

— Assoyez-vous et enlevez vos oeillères, invite le karatéka.

Le guenillou s'installe, Wondeur s'informe de sa santé.

— Pas mal, merci, répond le gue-nillou.

Après une pause:

— Mais on dirait qu'il y a de plus en plus de poubelles à ramasser... Certains jours, je suis découragé...

— J'ai justement quelque chose à vous montrer, enchaîne Moussa.

Et il lui tend la pétition. À voix haute, l'homme lit l'en-tête:

«Au maire de la ville,

«Nous aimons les arbres, mais leur vie est menacée. L'humanité ne pourra pas survivre si les arbres disparaissent. Nous demandons donc que les chauffeurs de camions de la ville puissent travailler moins vite. Ils pourront ainsi prendre le temps de faire attention, ils ne blesseront plus les arbres.»

Quand il a terminé, le guenillou a l'air décontenancé:

— Vous voulez que je signe ce texte? demande-t-il, incrédule.

Effrayé, il ajoute:

— Mais c'est dangereux...

— On ne demande pas grand-chose... proteste Moussa.

Le guenillou continue:

— La loi municipale est très stricte. Le texte dit: «On se mêle de ses affaires.» C'est pourquoi le maire suggère que chaque citoyen porte des oeillères.

— Suggère!!?! s'exclame Wondeur.

Elle sent la moutarde lui monter au nez:

— Le port des oeillères est obligatoire sous peine d'emprisonnement! Tout le monde est au courant, proteste-t-elle.

La fille aux cheveux rouges a beaucoup de difficulté à contenir son indignation. Le guenillou, lui, est mal à l'aise. Le karatéka délaisse un moment ses chaudrons:

— La pétition, chacun est libre de la signer ou non.

— C'est juste, soupire Wondeur.

Et elle évite de regarder en direction du guenillou.

Tout en continuant à hacher les oignons, Moussa réfléchit:

— Si les citadins pensent comme le guenillou... on n'arrivera jamais à réaliser notre projet...

À l'entrée du phare, une voix douce vient faire diversion:

— Excusez-moi, je suis en retard.

Celle qu'on appelle la vieille femme entre. Doyenne de la ville-dépotoir, elle a toujours refusé de porter des oeillères. Depuis qu'ils sont arrivés en ville, Wondeur et Moussa habitent chez elle.

Ce jour-là, la vieille femme est jolie; elle a mis son chapeau de paille. Dans ses yeux, on lit une grande fatigue.

— Elle a encore passé la nuit à soigner les arbres, en déduit Wondeur.

Le karatéka apporte une chaise. La vieille femme retire son chapeau et s'assoit avec précaution. En recoiffant ses cheveux blancs, elle laisse tomber:

— Les deux chênes de la boulangerie

ont perdu toute leur sève...

Le guenillou regarde dans le vide. Le karatéka toussote. Moussa s'occupe de ses oignons.

— Nous avons 72 signatures, dit Wondeur pour meubler le silence.

— C'est bien, commente simplement la vieille femme.

Et elle croise ses mains sur ses genoux. Une odeur de gingembre roussi s'installe à l'intérieur du phare...

— Ça brûle!

Le karatéka se précipite vers ses chaudrons. Avant de disparaître dans la cuisine, il annonce:

— Je suis du projet, moi aussi; je me joins à vous pour la pétition.

Chapitre II
L'homme au journal

Le lendemain, ils sont trois à faire circuler la pétition. Wondeur, Moussa et le karatéka se sont partagé les rues de la ville. Comme des détectives, avec leurs vêtements kaki, ils se promènent incognito.

— Quelle chaleur! se lamente Wondeur.

Dans la ville-dépotoir, c'est l'heure du lunch. Les citadins arrêtent leurs machines et délaissent leurs poubelles. Réfugiés à l'ombre des camions vidangeurs, ils cassent la croûte sans dire un mot.

Le soleil cogne dur, les trottoirs de la ville sont brûlants. La fille aux cheveux rouges pense:

— On dirait un désert...

Wondeur est en sueur; elle a les pieds qui cuisent et qui enflent.

— Voulez-vous me faire une place?

demande-t-elle.

Quelques têtes se lèvent; quelques paires d'yeux la regardent entre des oeillères. Sans interrompre sa lecture du journal, un homme se tasse. Il porte un chapeau à larges bords, on ne voit pas son visage. Ses avant-bras sont couverts de poils gris; un calepin vert dépasse de sa chemise kaki.

— Merci, dit Wondeur.

Elle s'assoit par terre à côté de lui.

Tout en profitant de l'ombre que fait la cabine du camion vidangeur, elle compte:

— Un, deux, trois...

Elle additionne tout bas les signatures recueillies pendant l'avant-midi:

— Dix-sept! J'espère que Moussa et le karatéka en ont autant...

Wondeur reluque le journal de son voisin. Sur la première page, en grosses lettres noires, la manchette dit: «Spectaculaire vol d'oeillères».

— Tiens, tiens, pense Wondeur, très intéressée.

Elle étire le cou. Par-dessus l'épaule de l'homme, elle lit les premières lignes de l'article: «Avant-hier, la manufacture d'oeillères a été cambriolée; tous ses stocks ont disparu. On ignore encore l'identité des voleurs, mais la police enquête. À la suite de ce vol, la municipalité craint une pénurie d'oeillères.»

— Enfin, une bonne nouvelle! pense Wondeur.

Dans le journal, à droite du texte, on a mis une photo du maire. Ses oeillères sont tellement grosses qu'elles cachent presque complètement son visage. Sous la photo, la légende dit:

«Le maire de la ville déclarait hier: "Sans oeillères, les gens ne se mêleront plus de leurs affaires. Ce sera l'anarchie.»

— Ridicule! peste Wondeur intérieurement.

Comme s'il avait entendu, l'homme au journal tourne la tête. Wondeur croise son regard l'espace d'une seconde. Entre ses oeillères, elle croit déceler une lueur d'amusement.

Sans prévenir, l'homme se lève. Wondeur remarque qu'il est grand et mince. Dans l'ombre de son chapeau, elle aperçoit sa moustache grise. Quand il passe, très bas, elle croit entendre:

— Suis-moi...

La fille aux cheveux rouges saute tout

de suite sur ses pieds. Mais comme s'il
n'avait rien dit l'homme s'éloigne, sans
se retourner, sans s'occuper d'elle.

Wondeur s'éponge le front:

24

— C'est la chaleur... j'entends des voix...

Elle regarde l'homme qui s'en va; elle pense à son père. Comme une chanson, la seule description qu'elle a de lui resurgit:

— Il est triste, il est mince, il est grand, il est sombre et il n'a pas d'ambition...

L'homme au journal disparaît derrière un conteneur. Wondeur reste debout près du camion vidangeur; elle se désole, elle se sent bien petite:

— Tous les hommes qui passent me font penser à mon père...

De la poche de son pantalon kaki, elle sort un poudrier; son poudrier en forme de coeur qu'elle transporte toujours avec elle. Wondeur tient à cet objet comme à la prunelle de ses yeux. Son père l'a laissé dans ses langes avant de s'en aller.

— C'est en voyant ce poudrier que mon père pourra me reconnaître...

Dans la chaleur torride, les camions vidangeurs se remettent en marche; l'heure du lunch est terminée.

— Oupsss!

Wondeur a tout juste le temps de s'écarter. Sans prévenir, le camion qui lui faisait de l'ombre démarre en trombe. Son pare-chocs arrière va frapper un tronc. On entend l'arbre craquer:

— Sorte d'affaire!

Wondeur lève les yeux vers la cime. Complètement chauve, l'arbre n'a plus de feuilles.

— Mort depuis longtemps, constate-t-elle tristement.

La pétition sous le bras, elle continue sa route sous le soleil implacable:

— Pauvres arbres... Heureusement, on est maintenant quatre à s'en occuper.

La fille aux cheveux rouges va rejoindre Moussa et le karatéka. Ils se sont donné rendez-vous chez la vieille femme.

***

— J'en ai 26, annonce Wondeur.
— Moi, 32, ajoute Moussa.
— Euh!... 44, complète le karatéka.

Mentalement, tout le monde fait le calcul:

— Ça donne 102, dit Wondeur la première.

— Si on ajoute les signatures déjà recueillies... on obtient... 174, calcule Moussa.

Sur ses genoux, la vieille femme caresse un de ses chats. Ses traits révèlent qu'elle n'a pas beaucoup dormi.

— Je ne veux pas être trouble-fête... Mais, 174 signatures alors que plus de 100 000 personnes habitent la ville... commence-t-elle doucement.

— Je sais, il nous faudra beaucoup de temps... répond Moussa.

La vieille femme continue d'une voix tout aussi douce:

— Du temps, malheureusement, nous n'en avons pas. J'ai compté: il ne reste que 35 arbres dans la ville. La plupart sont blessés; je leur ai fait des pansements. J'ignore s'ils pourront guérir...

Les paroles de la vieille femme font l'effet d'une douche glacée; les trois complices en restent un peu éberlués.

Le karatéka reprend ses esprits; tendu, il fait craquer les jointures de ses doigts. Il tire les autres de leur coma:

— Qu'est-ce qu'on fait? demande-t-il.

Moussa ne se sent pas d'humeur à discuter. Il répond, très vite:

— En attendant de trouver une meilleure solution, on continue; on n'a pas le choix.

Les trois amis saluent la vieille femme. L'enthousiasme à zéro, ils repartent chacun de leur côté avec la pétition.

***

— Une meilleure solution...

Wondeur a ramassé sa cape; elle la tient en boule dessous son bras.

— Une meilleure solution...

Les yeux rivés au trottoir, elle fait trois pas de souris. Puis, brusquement, elle fait trois pas de géant. Sa manie l'a reprise:

— Il ne faut pas que je marche sur les lignes du trottoir...

Obsédée, elle avance sur la pointe des pieds; elle tourne à gauche. À pieds joints, elle saute ensuite à droite. Elle s'apprête à faire un autre pas de géant...

Mais une de ses bottes reste collée à l'asphalte:

— Voyons...

Elle réussit à lever le pied:

— Sorte d'affaire!

Wondeur a marché sur une vieille gomme à mâcher. Entre le trottoir et la semelle, les filaments de la gomme s'étirent...

Par-dessus une pile de stores vénitiens, elle repère une porte de frigo; elle s'y assoit. Très contrariée, elle enlève sa botte. Elle entreprend de racler sa semelle avec un bout de bois.

— Ça y est, ça recommence...

Wondeur ne voit plus sa botte que d'un oeil; de l'autre, elle a des éblouissements. Bientôt, sa vision sera complètement brouillée; elle le sait. Depuis quelque temps, elle a souvent ce genre de malaise.

— Il me faut un coin tranquille, se dit-elle, résignée.

La fille aux cheveux rouges remet sa botte. Elle traverse la rue; elle se dirige vers une ruelle, entre deux maisons. Parmi les sacs à ordures et les poubelles, elle avance à tâtons. Une masse longue et pâle lui bloque le chemin:

— Une baignoire en porcelaine, devine-t-elle.

Wondeur embarque dans la baignoire et s'y couche, bien à l'abri. Complètement éblouie, elle ne distingue maintenant plus grand-chose. Elle ferme les yeux, elle a très mal à la tête:

— Je suis arrivée juste à temps.

Comme une chenille dans son cocon,

elle s'enveloppe de sa cape. Elle se repo-
se, elle ne pense à rien. Autour d'elle, le
vrombissement des camions vidangeurs
se feutre; Wondeur perd la carte. Elle
rêve...

Wondeur rêve qu'elle vole et qu'elle a
retrouvé ses pouvoirs.

— Enfin! soupire-t-elle.

Sans effort, elle s'élève au-dessus des
poubelles; elle flotte par-dessus les ca-

mions vidangeurs. Paisiblement, elle survole les toits des maisons; elle frôle les antennes de télévision. En compagnie des mouettes ahuries, elle plane dans la fumée des dépotoirs.

— Voler, c'est facile, s'étonne Wondeur.

Le vent ébouriffe ses cheveux et fait claquer sa cape. Wondeur s'élève de plus en plus. Libre d'aller où elle veut, du haut des airs, elle cherche son père...

Tout à coup, Wondeur frissonne; il fait très sombre:

— On dirait... Oh non!

Droit devant elle se dresse un mur de briques rouges. La muraille est tellement haute qu'elle se perd dans les nuages. Nulle part, ni à l'est ni à l'ouest, Wondeur ne peut en apercevoir la fin.

— Je perds de l'altitude...

Wondeur descend maintenant à toute vitesse. Elle étouffe; elle tombe. Et se réveille en sursaut:

— Toujours le même cauchemar...

La fille aux cheveux rouges se désespère. Depuis son atterrissage forcé*, elle

*Voir *Atterrissage forcé*, chez le même éditeur.

n'est plus capable de voler:

— Peut-être que j'ai trop peur de tomber...

Wondeur ignore combien de temps elle a dormi. Mais quand ses battements de coeur s'apaisent, elle constate:

— Ma vision est rétablie, je n'ai plus mal à la tête.

Du fond de la baignoire, elle risque un oeil par-dessus bord. Dans la ruelle, elle recense: un climatiseur bosselé, un réservoir d'eau chaude percé, un sofa défoncé, des sacs à ordures...

— Pas de danger de se sentir dépaysée...

Elle sort de la baignoire:

— Bon, assez perdu de temps.

Sa cape noire fripée comme un vieux torchon, elle sort de la ruelle.

Dans la ville-dépotoir, la vie continue; c'est la fourmilière. Les citadins se lancent les sacs à ordures, ils se passent les poubelles. Les camions vidangeurs sillonnent les rues de la ville. Ils ouvrent leurs gueules d'acier et gobent tout ce qu'on leur donne. Ils font grincer leurs compacteurs. Au milieu du vacarme, l'incinérateur brûle d'un feu d'enfer.

— J'ai chaud, on crève, se plaint Wondeur.

Elle prend son courage à deux mains et déplie la pétition. Elle n'a pas fait cent mètres qu'elle aperçoit l'homme au journal.

— Encore lui...

Chapitre III
Les serres

L'homme se tient immobile sur le trottoir d'en face; son chapeau fait de l'ombre à sa moustache. Entre ses oeillères, il observe Wondeur.

— Ami ou ennemi? se demande-t-elle.

La fille aux cheveux rouges préfère ne pas prendre de risques. En douce, elle glisse la pétition au fond de sa poche. Elle continue son chemin et feint d'ignorer que l'homme la suit. Dans sa tête, défilent plein de questions:

— Qu'est-ce qu'il me veut? Il est peut-être de la police...

L'homme au journal accélère; il marche maintenant à côté d'elle. Sans la regarder, à voix basse, il dit:

— J'ai vu que vous faisiez circuler une pétition... Vous n'y arriverez jamais de cette façon...

Wondeur regarde droit devant elle. L'homme poursuit:

— J'ai quelque chose à vous montrer, qui pourrait vous intéresser...

L'homme passe devant et fend la foule.

Cette fois, Wondeur est certaine d'avoir bien entendu; mais elle hésite à suivre quelqu'un qu'elle ne connaît pas. Elle regarde l'inconnu qui s'éloigne; d'une seconde à l'autre, il va se perdre dans la cohue...

— Tant pis! pense la fille aux cheveux rouges.

Et elle prend l'homme en filature.

L'inconnu s'éloigne de l'incinérateur central; il n'emprunte que des petites rues. Puis il tourne à droite et passe devant la mairie. Wondeur voit qu'une banderole pend du balcon où le maire prononce ses discours; elle s'attarde pour déchiffrer l'inscription à moitié effacée par le soleil:

— Ici... on... se... m... mê... mêle... de ses... af... affai...

Elle reconnaît la devise de la ville:

— Pfff..., fait-elle en haussant les épaules.

Et elle veut reprendre sa filature. Mais l'homme au journal a disparu:

— Sorte d'affaire!

Les oeillères écartées pour voir plus large, Wondeur pivote. Après un demi-tour d'horizon, elle aperçoit celui qu'elle suivait. À côté d'un arbre mort, il l'attend, simplement. D'un commun accord, la drôle de paire poursuit sa route.

À la sortie de la ville, l'inconnu prend la direction opposée au phare. Il emprunte une route à l'asphalte lézardé, plein de fissures. Comme toutes les rues de la ville, cette route est bordée de détritus; mais il n'y circule pas de camions.

Après dix minutes de marche, l'homme s'arrête sur un talus; il retire ses oeillères. La fille aux cheveux rouges s'approche et découvre alors le visage de son guide. Elle voit surtout qu'une profonde cicatrice lui traverse la joue.

Du doigt, l'homme pointe quelque chose en bas. Wondeur se penche. Dans le creux de la falaise, au milieu d'un dépotoir, elle voit:

— Des serres...

Trois toits en pente dépassent des détritus. La serre du fond est défoncée; de la falaise, on a balancé sur son toit la carcasse d'une automobile.

Wondeur est folle de joie:

— Voilà! Voilà ce qu'il nous faut! Dans une serre on peut faire pousser des arbres! pense-t-elle.

Rapidement, elle calcule:

— Avec les carreaux intacts de deux serres, on peut en réparer une... Puis...

Mais l'homme au journal ne lui laisse pas le temps d'approfondir la question. Il emprunte un sentier qui descend vers le dépotoir:

— Ouache! pense la fille aux cheveux rouges.

À sa grande surprise, le sentier est propre et bien entretenu. Il débouche devant la plus grande des serres. Envahie par la végétation, la serre baigne dans une douce lumière verte:

— Que c'est beau!... pense Wondeur, ravie.

Au fond de la serre, une tache foncée attire son attention. On dirait un tas de petites pièces de cuir noir...

— Les oeillères!

La fille aux cheveux rouges se tourne vers son guide:

— C'est vous qui avez volé le stock d'oeillères?

— Non, répond seulement l'inconnu.

Wondeur dévisage son interlocuteur; elle s'habitue à sa cicatrice. Elle remarque ses yeux tristes, très bleus:

— Comme deux lacs...

— Tu sauras qui a volé les oeillères si tu restes ici, dit l'homme en lissant sa moustache.

D'une main, il vérifie s'il a toujours son calepin. De l'autre, il enfonce son chapeau; et il tourne les talons.

— Je n'ai même pas eu le temps de vous demander votre nom! crie Wondeur.

L'homme remonte le sentier sans se retourner. Seule au milieu du dépotoir, la fille aux cheveux rouges s'inquiète; elle trouve la situation étrange. Dans sa tête, la voix de la prudence lui crie:

— Déguerpis!

Mais Wondeur veut en savoir plus.

— Un petit tour à la grande serre et je m'en vais tout de suite...

Prudemment, elle avance dans la lumière verte.

— J'ai tellement hâte de raconter ça aux autres...

Lentement, elle se fraie un chemin à travers la jungle de mauvaises herbes. La serre sent bon la terre chaude et l'humidité.

— Fiou! Il fait au moins 40. Je...

Une voix la glace aussitôt:

— Qu'est-ce que tu fais ici?

Tremblante, la fille aux cheveux rouges se retourne.

Deux garçons, un petit brun frisé et un grand châtain aux cheveux raides, l'observent. Le grand a l'âge de Wondeur, l'autre est beaucoup plus jeune. Les deux garçons sont vêtus de kaki. Ils portent leurs oeillères relevées sur le front. Leur regard est pareil:

— Des frères, pense Wondeur.

— On t'a posé une question, dit le plus vieux.

Et il n'a pas l'air commode.

— Qu'est-ce que tu fais chez nous? demande le plus jeune, l'air curieux et pas méchant du tout.

— Chez vous? Vous habitez ici? s'étonne Wondeur.

Le grand châtain fait signe à son frère de se taire. Wondeur explique:

— On m'a amenée ici.

— Qui donc? s'inquiète le grand. Et il a l'air d'avoir peur.

— Un homme grand et mince... Je ne connais pas son nom. Il porte un chapeau noir, il a une moustache grise... une longue cicatrice lui marque la joue.

— Je vois, rétorque le grand.

Et il semble rassuré.

— C'est l'homme qui pose des questions, dit le plus petit, l'air au courant.

Comme son frère ne l'empêche pas de parler, il poursuit:

— Il pose des questions et il écrit dans un calepin...

Le grand trouve que son frère a la langue bien pendue; il lui jette un regard noir.

— C'est vous qui avez volé le stock d'oeillères? s'informe Wondeur.

La question rend le grand méfiant:

— Tu sais beaucoup trop de choses...

— Je ne vais pas vous dénoncer, tu n'as pas besoin d'avoir peur. Veux-tu signer la pétition?

Curieux, lui aussi, le grand se radoucit:

— Quelle pétition?

***

Wondeur se cale dans les coussins d'un canapé de velours rouge vin. En face, le plus grand des frères est assis sur une banquette d'automobile. Juste à côté, le petit se berce sur un cheval de bois géant:

— Ça te plaît chez nous? demande-t-il.

En souriant, Wondeur fait signe que oui.

Les deux frères habitent le fond de la serre principale; ils ont bien aménagé leur maison. Pour ne pas avoir chaud, ils ont peint les vitres du plafond; ils se sont installés près de la porte arrière qui reste grande ouverte. Afin de se constituer un mobilier, ils ont récupéré des meubles dans le dépotoir.

Le plus grand des frères lit l'en-tête de la pétition. Quand il a fini, il lève les yeux, très impressionné:

— Le maître de karaté a signé le premier!

— C'est juste, répond la fille aux cheveux rouges.

Mais elle ne comprend pas pourquoi le garçon s'anime de cette façon.

— Le karatéka ne porte pas d'oeillères et on ne le met pas en prison, lance le grand avec admiration.

— Le karatéka est un guerrier redoutable, le maire le craint, explique Wondeur.

Le grand soupire:

— Ne plus être obligé de porter d'oeillères, c'est mon rêve...

— Moi aussi, continue le petit avec ferveur.

Wondeur regarde les deux frères qui sont tombés dans la lune. Elle pense:

— Moi, je rêve de retrouver mon père...

Puis, dans un souffle, elle dit:

— Les rêves, c'est comme les arbres... C'est fragile et il faut en prendre soin...

Perdus dans leurs pensées, les deux

frères n'ont rien entendu.

— J'ai un projet. J'ai besoin d'aide, dit Wondeur plus fort.

Sa voix tire le grand de ses réflexions. Sur la banquette d'auto, il croise les jambes en tailleur:

— Je t'écoute.

— Moi aussi, fait le plus petit.

Wondeur s'éclaircit la voix:

— Voilà. La pétition, c'est une bonne idée. Malheureusement, avant de réussir à recueillir les signatures de tous les citadins...

— Les arbres seront morts depuis longtemps, complète le grand d'un ton funèbre.

Wondeur conclut:

— Donc, il faut faire davantage.

Les deux frères se montrent très inté-ressés. Le plus petit cesse de se bercer; le grand s'avance sur le bout de la banquet-te. Wondeur continue:

— Protéger les arbres, ce n'est pas suffisant. Il faut en faire pousser d'au-tres; et il faut le faire rapidement...

La fille aux cheveux rouges se tait. Elle regarde les deux frères à tour de rôle. Le grand devine presque tout de suite:

— Tu veux faire pousser des arbres en serre!

Wondeur lui sourit:

— Pour remettre une des serres en état, il faudra travailler fort. Mais à sept, on y arrivera...

— Sept?!?!!

Le grand ne comprend pas.

— J'ai des amis à vous présenter, dit Wondeur.

Chapitre IV
Au travail!

Wondeur arrive au phare avec une demi-heure de retard. Quand elle entre, tout le monde est attablé et l'attend. Dès qu'elle apparaît, le karatéka pousse un soupir de soulagement. Lorsqu'il constate qu'elle est saine et sauve, Moussa veut gronder la retardataire.

— J'ai une bonne raison, prévient Wondeur.

Et elle raconte son aventure à ses amis. Elle décrit les serres en long et en large; elle leur parle des deux frères avec enthousiasme.

— Je savais qu'on trouverait une solution, dit la vieille femme. Contente, elle s'appuie au dossier de sa chaise; elle croise les bras, elle imagine les arbres qu'elle fera pousser.

— Je ne connais rien à la culture, se tracasse Moussa.

Le karatéka regarde ses grandes mains,

l'air penaud:

— Je sais me battre et fendre des planches. Mais je ne sais pas cultiver...

Du regard, Wondeur interroge la vieille femme.

— Moi, je sais, dit celle-ci tranquillement.

Les deux autres têtes se tournent vers elle en même temps.

— Je vous enseignerai, continue-t-elle.

Les bras croisés, elle réfléchit à voix haute:

— On commencera par recueillir les graines que les arbres de la ville sont encore capables de produire... Dans la serre, on les mettra en terre... On ira ensuite dans les champs déterrer les petits arbres que l'on peut trouver... On les transplantera...

— Mais il faut d'abord réparer la serre, dit le karatéka.

— C'est juste. Pour fixer les vitres, il faudra du mastic... Tiens, je vais demander au guenillou s'il ne pourrait pas nous en procurer, prévoit la vieille femme.

— Il ne voudra pas, objecte Moussa.

— Le guenillou est peureux; ce n'est pas une mauvaise personne, assure la vieille femme.

— On commence quand? demande Moussa, très excité.

Spontanément, tout le monde consulte la doyenne:

— Demain matin, dit-elle.

Dans le phare, on entend une mouche voler. En pensée, les trois complices se sont déjà mis au travail.

Wondeur jette un oeil à la pétition posée sur la table.

— On a combien de signatures? s'informe-t-elle auprès de Moussa.

— Voyons... 342... Si on ajoute les tiennes...

— Je n'en ai pas... mon aventure aux serres ne m'a pas laissé le temps... explique Wondeur.

— Ces serres, quel heureux hasard que tu les aies trouvées, commente joyeusement le karatéka.

Wondeur est embarrassée; elle a omis de raconter à ses amis l'épisode de l'homme au journal.

— Euh!... je ne les ai pas trouvées par hasard... quelqu'un m'y a conduite...

— Qui donc? demande Moussa, fort intéressé.

— Je ne sais pas exactement, est obligée de répondre Wondeur.

Devant l'air effaré de ses amis, elle s'empresse de décrire l'homme au journal. Mais ses explications ne rassurent personne:

— Ce que tu as fait est imprudent, chicane Moussa.

— J'espère seulement que cet homme ne travaille pas pour le maire, dit la vieille femme tout doucement.

Wondeur est alors envahie par le doute:

— S'il fallait que je me sois trompée...

Ses pensées se bousculent; elle essaie de se concentrer:

— Voyons... Les deux frères ont volé le stock d'oeillères... l'homme au journal est au courant... or il ne les a pas dénoncés... donc, il n'est pas de la police, conclut-elle finalement.

Wondeur relève la tête:

— Cet homme n'est pas un traître, on peut lui faire confiance.

***

Le lendemain, très tôt, le creux de la falaise bouillonne d'activité; les sept complices commencent une longue journée de travail.

Grimpé dans une échelle, Moussa nettoie le plafond de la serre centrale. Avec des gants, il retire les débris de verre restés attachés aux carreaux éclatés.

Au pied de l'échelle, le plus petit des frères surveille Moussa:

— Fais attention de ne pas te couper, recommande-t-il.

Wondeur, le karatéka et le plus grand des frères nettoient l'extérieur de la serre; ils ont presque complètement dégagé un de ses côtés. Dans une butte de terre et de bran de scie, ils ont trouvé: une machine à écrire, un portefeuille de cuir, des centaines de boîtes de conserve, deux sommiers...

Assise sur un téléviseur, la vieille femme surveille le chantier; elle jubile:

— Maintenant que le mur est dégagé, la lumière pourra pénétrer... Avec de la bonne terre, de l'eau et beaucoup de lumière, on peut tout faire pousser...

Les sept complices travaillent fort. Plus l'heure avance et plus ils sont sales.

— Dzzzzziou! Dzzzzziou!

Wondeur laisse tomber sa pelle; elle se

précipite pour voir ce qui se passe derrière la serre. Au volant de sa camionnette,
elle aperçoit le guenillou; il essaie de
tirer un immense congélateur.

— Dzzzzziou! Dzzzzziou!

Les pneus arrière font voler la terre et
tournent à folle vitesse. Le congélateur
ne bronche pas.

— Venez pousser! crie Wondeur aux
autres.

Tout le monde court aider le guenillou.

— Nettoyer un dépotoir, je ne croyais
pas que c'était aussi fatigant, pense la
fille aux cheveux rouges.

Sous le nez, elle a une moustache de
poussière noire.

***

La nuit descend lentement sur les
serres. Dans le dépotoir, la fraîcheur du
crépuscule s'installe.

Devant la serre centrale, la vieille
femme a mis le feu à un tas de débris.
Assis en cercle, les sept complices regardent danser les flammes. Sales et fati-
gués, ils restent silencieux. Hypnotisés
par le feu qui crépite, ils sont absorbés
dans leurs pensées.

— Bientôt la serre sera remplie d'ormes, de frênes, de saules, de chênes, d'érables... rêve la vieille femme.

La flamme éclaire la douceur de son sourire; on peut lire toute sa vie sur son visage.

Le karatéka se tient très droit à côté d'elle; les lueurs du feu découpent son profil de guerrier. Il a l'air plus mélancolique que jamais; il pense:

— On est toujours son pire adversaire... Un jour, peut-être, je retrouverai la mémoire...

Plus loin, le regard plongé dans les braises, le guenillou se tourmente:

— Je n'aurais jamais dû me laisser convaincre... s'il fallait que le maire apprenne que je les aide... Demain, je retourne ramasser les poubelles...

En face du guenillou, Moussa attise le feu avec un bout de tuyau. Il regarde voler les étincelles et fait un voeu:

— Je souhaite que Wondeur et moi, on soit toujours amis...

Tout près de Moussa, les deux frères sont assis côte à côte. De son bras, le plus grand entoure les épaules du petit qui dort déjà; il pense:

— Un jour, je serai grand et redoutable, comme le karatéka...

Wondeur ferme le cercle. Le menton appuyé dans les mains, enveloppée de sa cape, elle prend une résolution:

— Dès que la serre sera nettoyée, je reverrai l'homme au journal; je veux savoir qui il est.

Sa chevelure flamboie à la lueur du feu. L'air sauvage, elle observe ses amis à tour de rôle:

— Je me demande bien ce qui se passe dans leurs têtes...

***

Après vingt et un jours de travail acharné, les sept complices sont épuisés. Le matin du vingt-deuxième jour, un soleil étincelant se lève sur le dépotoir. Ce matin-là, la serre est prête.

— Par ici, indique la vieille femme.

Le guenillou lève les manches de la brouette; il fait débouler une montagne de vieux contenants de crème glacée.

— On en a suffisamment, déclare la vieille femme.

Wondeur, Moussa, le guenillou, les deux frères et le karatéka se pressent autour d'elle. Le moment est important. La vieille femme s'apprête à planter le premier arbre de la serre; la cérémonie est officielle.

Au fond d'un des contenants en plastique, elle verse d'abord un peu de terre. Cérémonieusement, Moussa lui présente ensuite un arbuste. D'une main, la vieille femme prend délicatement la tige de l'arbre; son autre main ouverte porte les racines.

Au milieu d'un silence religieux, elle dépose l'arbuste dans un des litres de crème glacée. Wondeur jette de la terre par-dessus les racines; elle la tasse bien comme il faut.

Puis la vieille femme arrose l'arbuste. En faisant tomber l'eau en pluie sur le bébé érable, elle prononce:

— Pour notre bien à tous, je te souhaite longue vie...

Moussa est aux anges:

— Bravo! s'exclame-t-il pour souligner l'événement.

Spontanément, les autres se félicitent; tous, ils applaudissent.

Quand le brouhaha se calme un peu, la vieille femme remarque:

— La partie n'est pas gagnée... il faut encore travailler.

Chacun se rend alors au poste qui lui a été assigné pour la journée.

Moussa et la vieille femme travaillent

à la serre. Le guenillou, le karatéka et les deux frères partent en expédition. Ils parcourent les champs et les terrains vagues dans l'espoir de trouver des arbustes à transplanter.

Quant à Wondeur, on lui a confié la pétition. Le projet de sauver les arbres de la ville n'est pas abandonné; on le mène parallèlement à celui des serres.

La fille aux cheveux rouges est contente de sa mission:

— Tout en travaillant, je pourrai chercher l'homme au journal.

Le coeur léger, elle remonte le sentier à grandes enjambées.

Dans les poches de son pantalon kaki, Wondeur transporte deux trésors. Au fond de la poche droite est pliée la pétition; au creux de la gauche, se trouve son poudrier en forme de coeur.

Chapitre V
Les affiches

Wondeur entre dans la ville-dépotoir qui se réveille tranquillement. Toute la nuit, des camions bourrés de déchets ont parcouru ses rues; ils y ont laissé tomber des tonnes de détritus. Ce matin-là, comme chaque matin, la ville est plus sale que jamais.

La fille aux cheveux rouges approche de l'incinérateur central:

— J'ai l'intuition que l'homme au journal se trouve dans les parages...

Les rues de la ville-dépotoir se peuplent lentement. En vêtements kaki, les citadins sortent de leurs maisons. La mine basse, l'air résigné, ils s'attellent au ramassage de poubelles.

— Voulez-vous signer la pétition? demande Wondeur à la première personne qu'elle croise.

— La pétition pour les arbres? s'informe la femme entre ses oeillères.

Très surprise, Wondeur fait oui de la tête.

— Mon frère m'en a parlé... explique la femme.

L'oeil soupçonneux, elle regarde autour d'elle. À voix plus basse, elle continue:

— Attendez-moi, je vais chercher deux de mes voisins; ils veulent signer aussi.

Et tout en surveillant la rue, elle va frapper à la porte d'une maison.

Wondeur est ébahie:

— On dirait que le projet fait boule de neige... ceux qui ont signé en ont parlé aux autres... ils les ont convaincus...

Quelques minutes plus tard, la femme revient; elle est accompagnée de cinq personnes.

— On en a plein le dos du maire, dit la première.

Et elle signe.

— On veut que la ville soit plus vivable, dit la deuxième.

Et elle signe aussi. En expliquant qu'elles veulent améliorer leur sort, les quatre autres personnes signent également.

Le soir venu, Wondeur a recueilli plus

de 300 signatures. Fourbue mais contente, elle rentre chez la vieille femme. En l'apercevant, Moussa lui dit:

— On a planté 60 arbustes! Tu devrais voir comme c'est beau...

La vieille femme sourit et Wondeur pense:

— Notre projet tourne bien. Pourvu que ça dure...

***

Le lendemain, Wondeur se lève au petit jour. Avant de sortir de chez la vieille femme, elle remonte ses oeillères. Dans le matin brumeux, elle traverse la rue presque déserte; elle prend la direction des serres.

***

Le plus grand des deux frères garde les yeux fermés. Blotti au creux du divan rouge vin, il se frotte le nez; il est mécontent qu'on l'ait réveillé:

— Je ne sais pas, dit-il d'un ton las.

Depuis son arrivée, Wondeur lui fait subir un véritable interrogatoire. Elle tient absolument à retrouver l'homme au journal.

— Je ne sais ni où il habite ni comment il s'appelle, poursuit le garçon en bâillant.

— Tu disais l'autre jour qu'il menait une enquête...

— Il est journaliste.

Le grand commence à s'impatienter:

— Tu ne pouvais pas me poser toutes ces questions hier...?

Wondeur mordille l'ongle de son pouce droit:

— Les autres se méfient de lui. Je préfère qu'on en parle seuls, toi et moi.

— Se méfient de lui?

La conversation commence à l'intéresser; le grand ouvre un oeil.

— Les autres le soupçonnent de travailler pour le compte du maire, poursuit Wondeur.

— Ils se trompent, dit le grand en s'assoyant.

Il s'étire.

— C'est ce que je pense aussi, répond la fille aux cheveux rouges.

Et elle se lève:

— Bonne journée, désolée de t'avoir réveillé si tôt.

Quand elle franchit la porte de la serre, le grand lui demande:

— Mais pourquoi tiens-tu tant à retrouver cet homme?

Wondeur est déjà sortie; elle s'arrête et se retourne:

— C'est compliqué... un jour, je t'expliquerai, dit-elle avec un sourire, pour s'excuser.

Et elle se hâte vers le sentier.

Quelque part dans le dépotoir, une cigale chante comme une folle. Son chant est tellement strident qu'il fait presque mal aux oreilles.

— La journée va être chaude, pense Wondeur.

***

La fille aux cheveux rouges retourne en ville. L'idée de protéger les arbres fait son chemin. Ce jour-là, il est encore plus facile de recueillir les signatures des citadins.

Après plusieurs heures de sollicitation sous un soleil de plomb, Wondeur s'arrête. Elle s'assoit sur une pile de vieux journaux et s'apprête à compter les noms:

— Oh...!

Entre deux monceaux de détritus, elle voit passer celui qu'elle cherche.

Les mains dans les poches, l'homme au journal marche la tête baissée; il a l'air sombre. Ses oeillères cachent ses yeux, son chapeau ombrage son visage.

Un espoir fou s'empare de la fille aux cheveux rouges:

— Si c'était mon père...

Wondeur suit l'homme. Elle le rattrape, puis marche à ses côtés:

— Je voudrais vous parler, lui dit-elle.

L'homme lève brusquement la tête; sous son chapeau, on voit sa cicatrice.

— Pas ici. Ce n'est pas le moment, répond-il sans s'arrêter.

Wondeur sent son interlocuteur nerveux. Il coule un regard derrière lui; on dirait qu'il se sent suivi:

— Rendez-vous dans une heure, au Café de la poule, lance-t-il précipitamment.

Et il bifurque à droite; il s'éloigne comme s'il se sauvait. Seule au milieu de la rue, Wondeur tortille un bout de sa cape.

— Le Café de la poule!!?!...

Près du dépotoir les camions vidangeurs recommencent à circuler. Au milieu du trafic, Wondeur réfléchit:

— J'ai vu une enseigne avec une grosse poule grise...

Elle plisse la bouche:

— Je ne me souviens pas où...

— Pouooonk!!! Pouooonk!!!

Wondeur se tasse en vitesse; un camion vidangeur s'apprête à foncer sur elle.

Pour se réfugier sur le trottoir, elle enjambe un tas de sacs à ordures. Elle contourne une vieille lessiveuse et marche sur un aspirateur électrique. Avec un pan de sa cape, elle s'éponge le front:

— Le Café de la poule... il me semble que c'est le rendez-vous des chauffeurs de camions...

Wondeur croise une douzaine de barils de métal. Pour les éviter, elle fait un grand détour:

— Ce genre de barils, on ne sait jamais ce que ça contient...

Finalement, elle décide de retourner chez la vieille femme:

— Elle pourra m'indiquer où se trouve le Café de la poule.

Wondeur se dirige vers l'est. Il est midi, le soleil cogne dur. En chemin, la fille aux cheveux rouges aperçoit un des arbres de la ville:

— Un orme...

Wondeur s'approche:

— Sorte d'affaire!

Sur le tronc de l'arbre, on a cloué une

affiche.

— Comme si les arbres n'avaient pas assez de misère...

Wondeur sent monter sa mauvaise humeur:

— Il faut avoir du front! Et tout le tour de la tête!

Mais à un mètre de l'arbre, l'affiche lui réserve une autre surprise:

— Pas vrai!

La fille aux cheveux rouges doit pourtant se rendre à l'évidence: sur l'affiche, elle reconnaît son portrait.

Incrédule, Wondeur lit ce qui est écrit au-dessus de sa photo:

— RECHERCHÉE... Recherchée!

Elle n'a jamais été aussi insultée de toute sa vie; elle n'a jamais eu aussi peur:

— Mais le maire est complètement fou...

En contournant l'arbre, elle trouve une deuxième affiche semblable. Sur l'avis, elle reconnaît:

— Moussa!

Wondeur a des sueurs froides:

— Première des choses, décampons d'ici.

Elle emprunte une petite rue pour ne

pas se faire reconnaître. Elle marche le plus vite possible; elle réfléchit:

— Quelqu'un nous a probablement dénoncés...

La fille aux cheveux rouges ne peut s'empêcher de soupçonner:

— L'homme au journal...?

Cette fois, Wondeur a de sérieux doutes.

— Chose certaine, je dois prévenir les autres. Le Café de la poule, ce sera pour une autre fois.

Et malgré la chaleur, elle part en courant à toutes jambes. Elle court tellement fort que les talons lui touchent aux fesses.

Chapitre VI
La prison

Tout de suite en entrant, Wondeur comprend qu'il est arrivé quelque chose:

— Quelque chose de grave, se dit-elle.

La maison de la vieille femme est sens dessus dessous; les meubles sont au beau milieu de la pièce. Les armoires et les tiroirs sont ouverts comme si un ouragan était passé; leur contenu est répandu par terre.

Sur le sofa du salon, la vieille femme est prostrée. Elle caresse distraitement un de ses chats:

— Le maire a fait arrêter Moussa, dit-elle en apercevant Wondeur.

Elle a de la difficulté à parler, elle est oppressée:

— Ils ont fouillé partout, puis ils l'ont emmené.

Wondeur blanchit:

— Mais pourquoi?

— À cause de la pétition. On accuse

Moussa de ne pas se mêler de ses affaires.

— Moussa ne peut pas aller en prison. Ça le rendra fou! De plus, il n'a rien fait de mal, dit Wondeur d'une voix qu'elle ne reconnaît pas.

Encouragée par tant d'assurance, la vieille femme se redresse.

— Savez-vous où on l'a emmené?

— Au pénitencier...

Les deux femmes se regardent. Sans se consulter, elles viennent d'avoir la même idée:

— Je connais mal la prison, mais le guenillou y a déjà travaillé, dit l'aînée.

— Allons chez lui, il n'y a pas une seconde à perdre, répond la cadette.

***

L'homme reçoit Wondeur et la vieille femme au milieu d'un bric-à-brac incroyable. Pour leur frayer un chemin, le guenillou doit déplacer plusieurs meubles.

Il roule d'abord une brouette pleine de vieux vêtements. Avec son épaule, il pousse ensuite un gros bahut; il manque de faire tomber les téléviseurs qui se trouvent posés dessus.

— Oupsss!...

Il déplace encore un fauteuil à roulettes, trois vieilles fenêtres et une glacière à pique-nique.

Wondeur enjambe un tas d'éventails et de chaufferettes électriques. Elle met le pied sur un haltère et perd l'équilibre. Projetée contre une table de ping-pong, elle entraîne un abat-jour de tulle dans sa chute:

— Sorte d'affaire!

— Je suis désolé, dit le guenillou.

D'une main, il retient une pile de disques qui menace de s'écrouler. Il se confond en excuses:

— Je ramasse tellement de choses...

Wondeur frotte son bras endolori; elle est énervée, elle n'a pas de temps à perdre:

— Vous connaissez le plan de la prison? demande-t-elle tout de suite.

— Euh!... Oui, répond l'homme un peu surpris.

La vieille femme raconte au guenillou ce qui les amène. Quand l'homme apprend ce qu'on attend de lui, il hoche la tête:

— Il faut se mêler de ses affaires,

murmure-t-il.

Wondeur comprend que le guenillou a peur:

— Vous n'êtes pas obligé de nous accompagner. Vous pourriez simplement nous indiquer par où passer, dit-elle.

— Je... je ne peux pas, répond le gue-nillou en se frottant la joue.

La vieille femme s'approche de l'homme et pose sa main sur son bras. Son regard plongé dans le sien, elle de-mande:

— Tu n'es pas fatigué de porter des oeillères?

Sans attendre de réponse, elle se tour-ne vers Wondeur:

— Allons chez le karatéka. Il nous ai-dera peut-être.

***

Quand les deux femmes arrivent au phare, la porte est grande ouverte. Assis en tailleur, le karatéka est absorbé dans la lecture d'un livre; celui que lui a offert le guenillou.

— Vous avez un bien drôle d'air, dit-il en apercevant ses visiteuses.

Il termine à peine sa phrase qu'on en-tend ronfler un moteur; le bruit se rap-proche rapidement. Wondeur court à une fenêtre; elle aperçoit un camion vidan-geur. Charriant la poussière, le camion fonce vers le phare à toute vitesse. En faisant éternuer les freins, le chauffeur s'arrête, juste devant la porte. La portière du camion s'ouvre. Le guenillou descend:

— J'ai changé d'idée, dit-il en laissant tomber ses oeillères.

***

Dans le phare, on discute ferme. Le karatéka est d'abord mis au courant de ce qui se passe. Sans hésiter, il accepte de participer à l'évasion. Le guenillou prend aussitôt la direction des opérations:

— Une fois par mois, on nettoie les cellules de la prison. Je me suis informé et ce nettoyage doit se faire demain. La chance est avec nous.

D'un sac de plastique vert, le guenillou sort des vêtements kaki. De ses poches, il tire une paire d'oeillères. Il remet le tout au karatéka:

— On devra se faire remarquer le moins possible.

Laissée à part, la vieille femme s'impatiente.

— Vous ne pouvez pas nous accompagner, on vous connaît trop, lui explique le guenillou.

L'air déçu, la femme acquiesce quand même:

— En vous attendant, je vais préparer de la soupe et cuire une tarte aux framboises. Je les apporterai ici, on mangera tous ensemble.

— Pourvu que ça marche, pense Wondeur le coeur serré.

***

Au volant du camion vidangeur, le guenillou s'arrête devant l'entrée du pénitencier. Il présente un papier au gardien:

— On vient pour le nettoyage des cellules, lui dit-il.

— Tiens, je croyais que c'était prévu à l'horaire de demain, répond l'autre dessous ses oeillères.

— C'est aujourd'hui, corrige le conducteur d'un ton assuré.

Le gardien examine le laissez-passer que lui tend le guenillou. Assise entre le chauffeur et le karatéka, Wondeur pianote nerveusement. Elle sait que le laissez-passer est faux; le guenillou l'a trouvé dans ses paperasses. Il en a simplement changé la date.

Le gardien vérifie les signatures, il remet le papier.

— C'est votre fille? s'informe-t-il en regardant Wondeur.

La fille aux cheveux rouges tressaille. Dans la cabine, l'odeur de détritus et de graisse à moteur devient plus forte.

— C'est ma nièce. Elle adore les camions, répond le guenillou avec beaucoup de présence d'esprit.

— À tout à l'heure, dit le gardien.

La barrière se lève. Un soupir de soulagement se fait entendre à l'avant du camion vidangeur. Comme le véhicule pénètre dans l'enceinte de la prison, Wondeur pense:

— On a gagné la première manche.

***

Depuis dix minutes, dans la cabine du camion, Wondeur attend ses amis. Dans le rétroviseur, elle aperçoit une rangée de cellules; leurs portes donnent directement dans la cour du pénitencier. Wondeur surveille attentivement le guenillou et le karatéka qui transportent une poubelle.

À chaque cellule, les deux hommes répètent le même manège. Après qu'un gardien leur a déverrouillé la porte, ils entrent dans la cellule. Quand ils ressortent, la poubelle est remplie; ils la vident dans la benne du camion et actionnent le compacteur.

Les amis de Wondeur visitent ainsi six cellules. À la septième, ils trouvent enfin Moussa. Tout petit, il est recroquevillé sur sa couchette, au fond du cachot.

— Cache-toi dans la poubelle, ordonne tout bas le karatéka.

Le premier mouvement de surprise passé, Moussa s'exécute. Le corps à moitié entré dans la poubelle, il chuchote:

— Vous devez aussi libérer le prisonnier de la cellule d'à côté...

Le guenillou et le karatéka se regardent, interloqués.

— C'est l'homme qui a conduit Wondeur aux serres, il est journaliste... continue Moussa.

— C'est dangereux, objecte le guenillou.

— On va faire notre possible, rétorque le karatéka.

Moussa se cale au fond de la poubelle. Les deux hommes mettent aussitôt le couvercle; ils transportent la poubelle hors de la cellule.

Dans le rétroviseur, Wondeur voit réapparaître ses amis; elle épie leurs moindres gestes. Elle regarde le karatéka hisser la poubelle dans la benne du camion; elle remarque:

— Cette fois, il n'a pas actionné le compacteur... Moussa est à l'intérieur de la poubelle...

Mais à son grand étonnement, les deux hommes ne reviennent pas à la cabine. Ils retournent plutôt vers les cellules et se font ouvrir la huitième. En entrant, le karatéka fait signe au garde de le suivre. Aussitôt que le gardien entre, la porte du cachot se referme.

Wondeur n'en peut plus d'attendre:

— Pour l'amour, qu'est-ce qu'ils font?

Dans le rétroviseur, la porte du cachot s'ouvre brusquement; le guenillou et le karatéka sortent en courant; ils sont suivis de...

— L'homme au journal!

Le guenillou grimpe dans la cabine et s'assoit au volant; il met le moteur en marche. Du côté de Wondeur, la portière s'ouvre; le karatéka monte. Aussitôt, le guenillou démarre.

— L'homme au journal est caché dans

le compacteur, devine Wondeur.

Dans la cabine, les nerfs sont tendus. Personne ne se regarde, personne ne dit un mot.

Le camion se dirige vers le poste de contrôle de la prison. À la barrière, le guenillou ralentit. En passant, il crie au gardien:

— On va au dépotoir et on revient!

— À tout à l'heure, répond tranquillement le garde.

Le guenillou passe la première et la deuxième vitesse.

Quand il embraie en quatrième, le pénitencier est déjà loin.

— On a réussi! s'exclame Wondeur.

Elle tape des mains et sautille sur la banquette. En même temps, les trois passagers retirent leurs oeillères.

Le guenillou passe la sixième, la septième vitesse. Le camion file à vive allure sur la route de terre. Un cahot fait voler tous les passagers dans les airs.

— La poubelle est tombée! alerte le karatéka.

Dans le rétroviseur, Wondeur la voit rouler.

— Moussa! crie le guenillou.

Et il écrase la pédale de frein au plancher. Le camion dérape. Il s'arrête bruyamment dans un nuage de poussière. Wondeur et le karatéka sont projetés contre le pare-brise; la fille aux cheveux rouges se retrouve sous le tableau de bord. Le guenillou, lui, est déjà sur la route:

— Moussa n'est pas blessé! crie-t-il soulagé.

Chapitre VII
Le père

Assise sur le plancher de la cabine, Wondeur lève la tête. La poussière la prend à la gorge.

— Ça va? s'informe-t-elle en toussotant.

— Juste un peu sonné, répond le karatéka.

Il a une bosse sur le front; elle enfle à vue d'oeil.

Wondeur s'époussette et se relève pour s'asseoir sur la banquette. Son poudrier en forme de coeur s'échappe alors de sa poche; il roule sous les pieds du karatéka.

L'homme se penche et ramasse la petite boîte à poudre. Il la garde au creux d'une de ses mains; il l'examine dans tous les sens.

— C'est de la nacre... dit-il, l'air égaré.

Assise sur la banquette, la fille aux cheveux rouges regarde le maître de karaté. Elle regarde ses grandes mains qui palpent le poudrier.

Le karatéka a maintenant la tête baissée. Du bout des doigts, il pousse le fermoir et ouvre le poudrier; le miroir apparaît.

Figée sur la banquette, Wondeur n'ose pas bouger. Mais dans le miroir en forme de coeur, ses yeux croisent ceux du karatéka. Elle voit que l'homme est de plus en plus dérouté.

De nouveau, le karatéka porte une main à son front; la bosse est maintenant grosse comme une prune:

— J'ai déjà vu ce poudrier, souffle-t-il.

Wondeur attend cette phrase depuis des années; elle reste sidérée. Le karatéka a l'air d'atterrir sur une autre planète:

— Je me rappelle...

Les yeux dans le vague, il laisse défiler les images:

— C'était avant l'accident...

— Avant qu'il ne tue son ami, pense Wondeur.

Le karatéka poursuit; il retrouve ses souvenirs, péniblement:

— Ce poudrier appartenait à l'ami...

que j'ai tué...

— Mon père est mort... pense Wondeur avec effroi.

Elle est pétrifiée.

La mémoire revient lentement à l'amnésique:

— C'est un poudrier très ancien... mon ami l'avait acheté... chez un antiquaire...

Le karatéka ne peut plus articuler; devant lui, les images se succèdent à toute vitesse. Ses souvenirs le ramènent quelques heures après l'accident. Il se voit alors debout, devant une commode.

L'homme recommence à parler à voix haute:

— Le poudrier était posé sur une commode...

Le maître de karaté a l'air complètement perdu:

— J'ai pris le poudrier... je l'ai caché dans des couvertures... dans les couvertures d'un bébé... j'ai emmailloté le bébé... je l'ai couché dans un grand sac de cuir beige...

La fille aux cheveux rouges reconnaît là toute son histoire; elle rassemble les morceaux du casse-tête et murmure:

— Ce bébé-là, c'était moi...

Mais le karatéka n'entend pas. Sa mémoire déterre des images profondément enfouies. Ses souvenirs se heurtent, se bousculent et tourmentent le pauvre homme.

— Je vois une fête... mon ami entre... il apporte une boîte enveloppée de papier de soie rose... la boîte contient le poudrier... c'est un cadeau...

Étranglé par l'émotion, le karatéka regarde Wondeur comme s'il allait se noyer:

— Un cadeau pour la naissance de...

Une seconde, le coeur de la fille aux

cheveux rouges s'arrête.

— Pour la naissance de... ma fille... souffle l'homme.

Wondeur regarde le karatéka; elle a l'impression de le voir pour la première fois. Avec un filet de voix, elle dit:

— Vous... vous êtes donc mon père...

Elle veut sauter au cou du karatéka, mais il cache son visage dans ses mains:

— Je me souviens maintenant de tout...

Comme s'il avait peur d'oublier une autre fois, il se met à parler très vite:

— Quelques heures après l'accident, je t'ai déposée chez une femme réputée pour sa bonté. Je me sentais devenir fou. Je savais que je ne pourrais plus prendre soin de toi. Je ne pouvais pas faire autrement...

Wondeur écarte les mains de son père et découvre son visage:

— Je t'ai tellement cherché...

Par la vitre de la portière, Moussa est témoin d'une scène étrange. Une scène qui, d'abord, l'étonne.

Assis sur la banquette, il voit le karatéka qui pleure. Agenouillée à côté de lui, Wondeur tient l'homme par une épaule; de l'autre main, elle essuie ses larmes avec un kleenex; elle pleure, elle aussi.

Moussa remarque la bosse sur le front du maître de karaté:

— Ils sont blessés...? s'inquiète le garçon.

Mais Wondeur pose sa tête sur l'épaule du karatéka. Elle se blottit contre lui et l'homme la prend dans ses bras.

Moussa aperçoit alors le poudrier ouvert sur la banquette. Il devine ce qui s'est passé; il sent monter en lui une bouffée de joie.

Discret, il lève les yeux vers l'horizon où le soleil se couche:

— Il va faire beau... dit-il à mi-voix.

Dans la cabine du camion, le père et la fille sont comme sur une île. Autour du camion vidangeur, la poussière redescend lentement sur la route de terre.

Table des matières

Achevé d'imprimer
sur les presses de Litho Acme Inc.
1er trimestre 1990